아르고스, 눈을 감다

작가마을 시인선 49

아르고스, 눈을 감다

초판인쇄 | 2021년 10월 25일
초판발행 | 2021년 10월 30일

지 은 이 | 배동욱
펴 낸 이 | 배재경
펴 낸 곳 | 도서출판 작가마을
등   록 | 2002년 8월 29일제 2002-000012호
주   소 | 부산광역시 중구 대청로 141번길 15-1 대륙빌딩 301호
          T. 051248-4145, 2598 F. 051248-0723 E. seepoet@hanmail.net

ISBN 979-11-5606-176-2 03810   정가 10,000원

작가마을 시인선 49

아르고스, 눈을 감다

배동욱 시집

도서출판
작가마을

알베르 까뮈(Albert Camus)는 '시지프스의 신화(The myth of Sisy-
phus)'에서 인간에게 가장 중요한 문제로 죽음의 문제를 들었
다. 이는 존재의 문제, 삶의 의미에 관한 근원적 문제로서
'인간의 삶은 살아갈 만한 意味가 있는 것인가?' 하는 물음이
다. 이 물음을 붙들고 살아오면서 삶의 자리를 넓히고 자유
를 구하고자 했다. 삶의 매순간 무의미가 입을 벌리고 세계
가 몸서리칠 만치 빈 것이 될 때에 그 빈 것을 살아내고자 했
다.

나는 有에서 無를 보며, 그것을 詩로 써 왔다. 아르고스의
눈으로 성찰하고, 프로메테우스의 고통을 감내하며, 시지프
스의 절망을 일상으로 삼고, 휘닉스처럼 부활하고자 했다.
삶 가운데 죽음을 함께 살아내고 있다는 생각으로 살아온 시
간들, 허무로부터 벗어남이 아니라 견고한 허무가 됨으로써
마침내 자유를 구하고자 한 그것이 내 詩作을 견인해 온 것
이라 말할 수 있다. 내가 나를 놓아줄 그 날이 언제일까? 나
는 이제 무척 담담하다.

이 글들은 대부분 2000년 이후의 글을 가려서 모은 것이
다.

배동욱 시집

작 가 마 을 시 인 선 ④⑨

차례

제2부

배동욱 시집

차례

아르고스 눈을 감다

제4부

아르고스,
눈을 감다　　　　배동욱　시집 · 작가마을 시인선 49

제1부

窓 가

窓가에는 늘 무언가 다녀간 흔적이 있다
바람이기도 하고 풀벌레이기도 하고
달빛이나 별빛이기도 하다

그 모든 흔적을 더듬듯 따라나서다 보면
언젠가는 窓가를 사랑하는 일을 배우게 될 것이다
그렇게 나도 나의 窓가를 다녀간다

오늘도 창가에는 연록색 이파리 하나
오래도록 그리움으로 읽히우는
그림엽서처럼 와 있다
그러지 않아도 세상은 온통 그리움이 아니더냐.

열대야에 꾸는 꿈

내 잠 속으로 컴컴한 얼굴을
출렁이며 들어왔다가 발소리를
죽이며 걸어 나가는 江
나는 그의 등에 업히어
아주 먼 데까지 흘러간다 어디에도
아는 얼굴은 없고
새우처럼 등 구부리는 통증이
서로를 껴안는 강가에서
연鳶을 하늘 높이 날려 올리는 것은
밤과 새벽 사이의 일이다
철벅 철벅 제 발소리에 귀를 기울이며
강이 나를 업고 밤을 새워 걸을 때
수 많은 꿈의 뿌리들이 하얗게 말라가는
열대야熱帶夜에도 어김없이 찾아드는
내 것이면서도 내가 거역할 수 없는
그것은 사랑이다.

잠자리

잠자리는 날개를 접지 못한다
아르고스의 눈을 가진 자 누군들
날개를 접을 수 있으랴

하늘을 가득 메우던 잠자리가
죽어도 접지 못하는 날개로
날아가는 마지막 자리가 어딘지
알지 못한다.

新 산유화

1.

내 속의 것들이 門을 열고 나가
새처럼 지붕 위에 앉아
울 때에
나는 아마도 먼 곳으로 떠나
돌아오지 못한 것일 게다
새울음조차 들리지 않는 곳에서
꽃은 잠시 피었다가 지고
아무도 알 길 없는 그를 일러
색즉시공화色即是空花라 한들
그 모습이야 어떻게 하랴.

2.

江으로 올 때마다
강은 더 이상 강이 아니듯이
목숨 하나 묻어
꽃으로 피워내어도
꽃은 꽃이 아니다

이제는 어느 언덕쯤에

목 놓아 우는 목숨 하나

살필 수 있으리

해는 지고 다시는 뜨지 않는데

해 아래 무슨 약속이 저 꽃보다 서러우리.

백 년

길거리로 나섭니다
백 년 만입니다

백 년 전과 마찬가지로
바깥에는
머리 위로 하늘이 있고
발밑으로 땅이 있고
사람들에게서는 예외 없이
푸석거리는 먼지 냄새가 납니다

종이를 주우러 다니는 노인의 수레에는
백 년 동안 쓰다 버린 빛과 어둠이
종이보다 늘 더 많이 실려 있습니다

동네 마트에서 먹을 것 쓸 것들을 고르는
내가 있습니다
그런 나에게 인사를 건넵니다
안녕?
다시 백 년 후에는 없을 그에게
안녕?

인사를 합니다

한 노인이 덥석
백 년을 주워 수레에 던져 넣습니다.

베토벤 교향곡 제9번 합창合唱

젖은 솜처럼 잔뜩 웅크린 채 숨을 죽이고 있는
내 고막들을 건져내어
다시 온 몸에 청진기처럼 꽂고서
그의 홀로 노래하는 합창이
외로움 때문이었으리라
혹은 절망에 절여낸 소리였으리라
진단하며 밤을 꼬박 새고 난 다음날 오후
눈부신 겨울 햇살을 마주하고 섰을 때
그 햇빛 속으로 일순간에 사라지는 것들을 보았다

눈이 펑펑 내리는 밤길의 동네 어귀에 선
사백 년 묵은 느티나무 곁을 지날 때
잎이 다 지고 난 나뭇가지 사이로
나는 사라져간 잎들의 노랫소리를 들었다
합창이었다.

달을 보다

이애, 저기 저 달 좀 보아 밤이
삼단 같은 초승달의 머리채를 휘감아 쥔 밤이
온 동네를 끌고 다녀
아아 저 달 저 달 좀 보아
머리칼이 다 뽑힐 지경인데도 울지를 않아
내가 노래를 불러줄까
내가 노래를 부르면
숲의 나무들과 바다가 따라 하지
구스타프 말러의 교향곡을 연주하네
초승달의 머리칼을 움켜잡은 채
밤은 잠이 들고
잠들지 못하는 것들은 죄다 강가에 서서
초승달을 닮은 얼굴들을 들여다보네
아아 우리들 좀 보아.

출근길

 출근길에 전철을 타는 사람들
 전철 속에서는 지갑 챙기듯 저마다 체온과 체취를 챙겨
보는 것이지만
 내 살 네 살 내 숨결 네 숨결 가려내기 어렵도록 우리는
서로 너무 가깝다

 아침에 일 나가는 사람들
 내려다보이는, 밤을 씻어 낸 네 목덜미에서
 불현듯 나의 밤을 기억해 내는 것도 서로 너무 가까운 탓
이다
 너와 나는 이름이 같은

 역에 닿을 때마다 차 문은 허가와 금지를 반복한다
 신호에 맞추어 한 무리는 들어서고 한 무리는 나서고
 들어서고 나서고 나서고 들어서는 것에 현기증이 이는
것은
 너와 내가 허가와 금지를 따라 같은 이름으로 맴도는 까
닭이다

 한 역을 떠나 다른 역으로 봉수대처럼 건너가는 이상한

여행길에

　되새김질하는 소떼처럼 어제와 오늘을 되새김질하는

　우리는 한 치 앞도 보려 하지 말자

　같은 이름의 나와 같은 이름의 네가 어깨를 맞대고 선 자

리에서는.

소리의 집

누구든 오래
가슴 속에서 붉게 달구어 낸 소리는
저 먼 곳으로 퍼져 나가
바람을 만나 바람소리가 되고
비를 만나 빗소리가 되고
파도를 만나 파도소리가 되면서
꿈꾸던 별에 이르기까지
사라지지 않아

누구든 별을 보는 가슴마다
일어나는 소리
부르는 소리와 부르지 못하는
소리가 만나 저마다
가슴 속에 짓는 세상
끝없이 반짝이는
소리의 집.

해후邂逅

바다가 그물을 거두어들여
다른 시간의 다른 소리들을 싣고
떠났던 곳으로 다시 돌아오기를
기다리는 시간은
늘 먼 하늘빛이다

있는 듯 없고
없는 듯 있는 하늘 너머
시간의 끝으로부터
돌아오는 것들은 죄다
초록색으로 곱게 칠한 손톱을
가졌나 보다

부재의 시간 끝에서 돌아온 네가
초록색 손톱 두 개를
내밀어 보일 때
그것은 내 시간의 창을
여닫는 패스워드를 닮아 있다.

이별법離別法

하루 이틀만
아니 한 달만 슬퍼할 것
일 년 정도만
그래, 사는 동안만 그리워할 것

내가 정하면 정하는 대로
그런 것이라고 그런 것이었다고

책장의 오래 된 책을 볼 때마다
는개 피어오르고
먼 산보다 멀리 물러나는 거리距離
색 바랜 배경背景이 되어
서로 닮아가는 것들로 놓아둘 것

山에 팽개쳐진 山만 한 나무등치의
통째로 뽑혀져 나와 하얗게 마른
뿌리를 만나더라도
머물지 말고 다만
그 위로 불어가는 바람일 것

내가 定하면 定하는 대로.

장롱

때로 견디어 낼 수 없는 것까지도 견뎌 내어야만 하는 것
은
살기 위함이 아니라 사랑하기 때문이라고
끝이 있다면 사랑이 아닐 것이라고 말했던가 혼잣말처
럼

퇴근길 옆집 대문 앞에 내쫓기어 우두커니 서서
어둠 속으로 잠겨 가는
장롱 한 짝을 보았다

문도 서랍들도 입을 다문 채 말이 없는 너는
소중히 간직하던 모든 것 다 비워 낸 뒤에
또 무엇을 견디어 내고 있는 것이냐

나는 네 곁을 지나쳐 대문으로 들어서는 것이지만
아직 들어오지 못하고 문 밖에서 서성이는
잊어버린 혼잣말이 있다.

별이 지는 일

달이 뜨지 않은 밤에는
온 세상 모든 별들이
울고 다닌다

흰 눈이 펑펑 쏟아지거나
비가 퍼붓는 날이거나
밤새도록 울며 다니는
문 밖의 소리

달이 뜨지 않는다고
어찌 달을 탓하랴

별자리란
별들이 달을 기다리다
죽는 자리

별은
어둠 속으로 흐르는 강을 찾아 와
하나 둘
몸을 던져 사라지고

나는 별이 진 자리마다

비석 하나씩 세워 둔다

달은내것이다있으므로내것이아니라내것이므로있다.

빈 집

삼대三代가 모여 사는 옆집에는
三代의 추석이 모여 와자하니 웃는 소리
소원을 빌어 볼 보름달이 없어도
막무가내 추석이다

제 엄마의 추석과 제 아비의 엄마의 추석을 찾아
아이가 떠나고 난 빈 집
식탁 위 하얗고 둥근 쟁반에
그저께 사다 둔 빨간 사과 네 알이
옹기종기 모여 있다
무턱대고 추석이다

작년에 왔던 각설이가 죽지도 않고 또 왔네
귀신도 배가 고픈 요즘 세상에
문 열어 주기 싫으면 집을 비우라고
문 밖에서는 술 취한 추석이
아무도 없는 빈 집에 또 무얼 비우라고
다만 문을 두드린다

추석이 돌아갈 곳도

빈 집이리라
빨간 사과 네 알이 옹기종기 모여 있고
사과들 틈으로 푸른 대추 한 알
슬그머니 끼어들리라

문 두드리던 추석도 떠난 빈 집 위로
늦게 뜬 달이 밝기만 하다
나도 각설이 타령이나 배워두어야겠다.

江의 이야기

1.

세상의 모든 이야기들 모여
江으로 흐르지
세상의 모든 소리들 모여
바다로 출렁이지

수많은 이야기 소리들의
江과 바다는
고요하다
고요한 것이란
얼마나 헤일 수 없이 많은 소리들인가

세상의 기억들을 더 이상 사랑하지 않을 때
江은 흐르고
세상은 다만 수초水草마냥 흔들리고 흔들리며 졸고.
(하나님 당신은 단물이 다 빠진 껌 맛이다)

2.

江으로 가는 길

사랑으로 가기나 했겠나
늦가을비 내리고

갈대가 눕데
내 속의 것들도 따라 눕데

江 한가운데
섬도 눕데
엎드려 江에 얼굴을 묻고
울다가 잠들데

나무 아래로 이파리들
떨어져 눕데

눕는 것들의 사랑이여
누운 것들의 끝없는 잠이여

황포돛배는
짐만 꾸리고 있데.

사각형 모양의 일상日常

1.

느닷없이 새벽이
그의 중심을 들이대는 바람에
잠이 깨고
내가 잠든 동안
남녀상열지사男女相悅之詞를 노래하다 지쳐
잠들었던 벽시계도 깨어나
숨을 죽인다

내 것도 네 것도 아니고
용서받을 일도 용서할 일도 없는데
모세가 거닐던 시내산은
잠든 체 돌아눕고
그의 몸속에서 파닥거리는
물고기를 쿡쿡 찔러대며
넌 살아난 거야
소곤거리는

새벽은 꽃대를 타고 위로 솟고

꽃은 활짝 피어날 것이다.

2.

출근길 지하철에서
잉게보르크 바하만
한때 동거하던 그녀를 보았다

얼굴을 바싹 갖다 대어도
나를 알아보지 못한다

내 뒤의 나와 내 앞의 내가
나를 알아보지 못하듯

너는 과거에서 현재로
나는 현재에서 과거로
서로 비껴 흐르는 일은 그러므로
단순하다
단순하지 않다.

3.

앵앵거리는 모기를
들고 있던 시집으로 냅다 후려치자
간밤 누군가의 설친 잠이었나
엘리베이터 속이 피바다가 된다

따지고 보면 그냥
사각형 모양의 문이 열리고 모기가 날고
다음으로
엘리베이터가 멈추고 내가 내리고
모기는 운명처럼 벽에 박혀 있고
詩는 내 손끝에서 달랑거리고
문이 닫히고
아무도 그 일을 기억하지 않고
(모기도 기억하지 못한다)
그리고 아무 일도 일어나지 않았다.

눕는 하늘

한때는 뜀뛰며 달리던 하늘이
내 곁에 눕는다
자꾸 눕는다
푸드득 까치가 날아오른다
그 바람에 나뭇잎도
떨어져 내 곁에 눕는다
눕기만 하면 늘 혼자가 된다

지나가던 길이 문을 두드리지만 무슨 상관이랴
일어나 앉거나 서기 전까지
누운 자에게는 세상도 평화이러니

아는 이의 시어머님이 소천召天했다
또 아는 이의 아는 이가 암癌 선고를 받았다
누우면 잊어라 잊어라
해도 이토록 빨리 지는데 무슨 상관이랴

꽃신 사다 주마 하면
웃기만 하던
치료제治療劑가 되어 주마 하면

눈물 글썽이던
그 하늘이 내 곁에 눕는다

종이비행기나 종이배를 접으면
그것들보다 먼저 세월歲月이 떠났다
이제 새삼 몸을 일으켜
떠나는 것들을 배웅할 수 있을까

낙엽落葉은 흐느껴 운다
울지 마라 울지 마라
꽃신 사다 주마
낙엽落葉은 울음을 그칠 줄 모르고
돌아보면
어쩌면 이리도 많이들
서로가 서로의 곁에 누웠는가
누운 자들의 누운 평화平和여

바다가 내게로 온다
바다에도 갖가지 꽃들이 피어나는 줄
이제사 알겠다마는

내가 누우면
기억들도 평화로이 눕는다

국화꽃 향기가 너무 짙다
떠도는 모든 것들 이리로 내려와
고단한 날개를 접고
이제는 누워 평안푸安하라

발 이리 내밀어 봐
꽃신 신겨 주마.

관광마차

구경꾼들만 모여드는 청계천 옆길로 줄지어 다니는 관
광마차
오색등 요란하구나 하루에도 몇 번씩 돌고 도는 관광마차
코스가 뫼비우스의 띠인 줄은 구경꾼은 물론 마부도 알
지 못한다

마차를 끄는 네 눈과 마주치고나 싶었겠느냐 마차를 끌
고
한 바퀴씩 돌 때마다 다만 네 속눈썹 길게 자라고 그처
럼 긴
속눈썹이 이토록 아름다울 줄은 꿈에도 생각 못할 일이
었다
논리는 자라는 법이 없으므로 먼 들판에서는 장대했을
체구가
어느 사이 이처럼 왜소하구나 하는 말 따위는 부질없다

눈썹이 아니라 기실은 날개가 돋아났어야 했다 저 밤하늘
훨훨 날아 별이 되는 그런 날개가 돋았어야만 했다

낡은 네 발굽이 차는 것은 땅이 아니라 내 낡은 가슴이

지만
 풀 한 포기 피워내지 못하고 네 여물조차 담아두지 못하
는
 빈 그릇이지만

 저리 비켜라 내가 마차를 끌겠다 너는 길가에 물러나 앉
아
 가로등 불빛에 반짝이는 내 속눈썹의 그것이 눈물인지
이슬인지 보아라

 언젠가 흰 눈 펑펑 쏟아지는 날, 풀썩 무릎을 꿇는 날
 한 가닥 숨이 붙은 채로 실려 갈
 마지막 숨을 비정하게 끊어줄 곳으로 실려 갈
 네가 기억하지 못할 네 발자욱 소리를 난들 기억하겠느냐

 마차를 끄는 말발굽 소리
 아스팔트를 두드리는
 맹인의 지팡이 소리.

할머니의 유모차

할머니가
낡은 유모차를
밀고
가신다

할머니의 유모차가
할머니를
끌고
간다

할머니의 유모차가
끌고
간다

오늘 내가
떠나보낸
나의 하루와
하루 속에 닫아 둔
모든 그대

낮과 밤의
오랜 고요와
늘 새로운 수군거림의
세상 풍경들

滿期가 남았을
滿期가 남았을
시간들을

어디론가
끌고
간다.

봉선화

비가 오건 바람이 불건
아침은 늘 큰 선물이지?

봄날은 간다의 그 봄날
헤어지자는 말조차 쿨하게 들릴 것 같은 화창한 봄날에
지하철역 앞 무슨 은행이라는 어깨띠들 주욱 늘어서서 나누어 주는
겨자씨보다도 작은 (아 미안하다 미안하다 겨자씨 따위 본 적도 없다)
찬란한 슬픔의 봄이란 이름의 씨앗을 엉겁결에 받아들고
내가 무슨 겨자씨 만한 생각을 했는지는 나도 몰라

손바닥 만한 화분의, 흙의, 가슴의, 자궁에다가 씨를 뿌리고 물을 뿌리고
들며 나며 흘낏거리다가 떡잎부터 알아본다는 그 떡잎이 솟아났을 때에도
미안하다 미안하다 떡잎부터 알아보지도 못했다

담벼락 밑에서 붉은 빛 분홍빛 꽃을 달고 선 그것은 틀

림없는 봉선화였다.
  철수와 영희가 눈이 맞아 자고 나면 낳고 자고 나면 또
낳는
  참을 수 없는 존재의 가려움이었다

  가슴으로부터 가장 먼 손가락의 손톱 끝부터
  발가락의 발톱 끝부터 바알갛게 물들여 오는
  그런 사랑이었다

  그 사이
  봄이 가고 여름이 오고
  비가 오고 바람이 불고 여름이 가나 보았다.

아르고스,
눈을 감다 배동욱 시집 · 작가마을 시인선 49

제2부

가위 바위 보

그대가 혹 잊어버린 곳에서 홀로 놓인 항아리가 깨어져 금이 가고 그대가 이해할 수 없는 이유로 끈을 목에다 걸고 통속적으로 목매기 놀이를 하다 환청으로 울려오는 그대 음성에 놀라 올라선 의자에서 발을 헛디디더라도 이 모든 일은 결단코 그대의 잘못이 아니다

가위 바위 보
그대는 한 칸 올라가고

가위 바위 보
그대는 다시 한 칸 올라가고

올라가고 싶지 않아도 그대 또 다시
치마를 펄럭이며 한 칸씩 올라가고

어둠이 밀려와 그대의 하얀 얼굴마저도
까마득해 이젠 보이지 않는데

가위 바위 보

가위 바위 보.

나무에 걸린 길

느티나무 하늘 닿는 언저리
뒤로 가아맣게
길이
나 있다

봄비가 내리는 그 길에는
내 앞에 내가 걷고
그 뒤로 내가 걷지만
우리는 서로 닿지 못한다
얼마나 많은 나와 내가
이처럼 만나지 못한 채 겹쳐 흐르는가
길 옆 개나리도
밀어내어 떨군 시간들을 찾아보려 애쓰지만
데이터는 있으되 읽을 수 없는 화일file이다

내리는 비도 내려 제 길을 내고
떠나 제 길을 내는데
너와 내가 만나고 떠나는 세상에서
어디에 길이 있어 우리는 만나고
떠날 수 있을까

〉
느티나무 가지 끝에 물음처럼
길 하나
봄비에 몸을 떨고 있다.

까치소리를 찾아서

까치소리랬자 엿장수 가위질소리보다 나을 게 없지만 몸속 깊이 항아리 하나 묻어 차곡차곡 모아 두었던 터 일 테면 시집간 큰 아이 다니러 온 가방 속에다 남김없이 챙겨 주곤 했는데 까치소리 문득 끊긴 날은 까치소리가 그치지 않을 거라 믿은 적 없지만 어디든 반드시 살아 있어야 할 그 소리를 찾아 먼 길이라도 나설까 꿈꾸는 날 어떤 사상도 이념도 부질없고 다만 까치소리를 찾아 나서는 나란 얼마나 자유한가 까치소리를 찾아 저문 하늘 속가슴을 헤집으며 그가 밟았을 길을 낱낱이 밟아 보는 밤에 스카이라인 위로 보이지 않게 떠도는 아름다운 약속의 빛깔 휴거가 유혹일 만큼 바닥이 보이지 않는 코발트빛 심연 속에서 까치 한 마리 홀로 술 들이켜는 소리...

3분 빠른 시계

- 헤어짐에 대한 변호

우리가 헤어진 것은
그대 시각으로 오후 4시 10분
내 시각으로는 오후 4시 13분

그러니 헤어진 시각은 언제인가

그대가 나와 헤어진 때에 나는 없었고
내가 그대와 헤어진 때에 그대는 없었다

그대와 나는
서로 있지도 않은 시각에
누구와 헤어진 것인가.

쪽지 속 저녁 풍경

책상머리 쪽지에는
해야 할 일들 가득
빨간 색 파란 색 동그라미 친 사이로
저물녘의 강이 흐르고
퇴근길 강가에는
오래 전 던져둔 발자욱들이
점점이 불빛으로 반짝이는데
저녁안개 부우연 강 어디쯤
살아오며 잊히운 것들
빈 집 하나 굴뚝으로 남아
괜히 푸른 연기 한 자락 피워 올리리

예나 지금이나
쪽지들은 약속처럼 몇 발짝 앞에서
어서 오라 뒤돌아보고
쪽지들 모아 그림을 맞추어 보면
자화상 속의 자화상 속의 자화상 속으로
끝이 없는 쪽지들
강가에서 반짝이고

여기서 저기까지라는
부등호 속에 가두어 둔
저녁 풍경.

날개

　어느 날 문득 어깻죽지가 아파올 때 내가 길짐승이 아니
라 날개 달린 새이었음을 깨달았을 때 그것이 나에게나
누구에게나 불행이라고 믿기로 했을 때

　단양팔경 깊디 깊은 산의 최가동最佳洞
　푸른 솔향에 묻고 왔다
　소름끼치도록 말이 없는 깊은 계곡에
　산 그림자로 내어주고 왔다
　서산 너머 붉게 타는 노을에
　머나먼 파도소리로 두고 왔다
　사람이 사람을 쉽게 잃어버리는 도시의 밤으로
　버려두고 왔다 나 혼자 왔다

　아니다 아니다
　그림자로 따라와
　발치께에 웅크리는
　더 피할 곳도 없는데
　몸의 魂아
　魂의 몸아
　내 몸의 이 산 저 산
　밤새워 우는 새야.

사직서 내던 날

푸른
하늘

눈부신
햇빛

왜 홀가분한 얼굴이 아니냐고
나이 든 여직원이 물었다.

江의 이야기 2

하늘도 구름도 갈대숲도
강으로 오면
모두 흔들리며 흘러
강이 된다
밤하늘 달과 별도
강으로 흐르고
흘러간 자리에 다시 와
다시 강이 된다
그대가 떠난 것은
그대 또한 강으로 온 때문이다

때로 바람이 무거운 제 지나온 길들을
내려놓고 가면
길의 무게로 강이 자꾸 가라앉는다
강이 흔들리며 흐르는 것은
그래야 가벼워지는 때문이다

급히 흐르다 발을 삐면서 강은
아마도 그대에게로 흐르고
흐르는 하늘을 보여 주고

떠나보낸 사랑도 보여 주지만
가까이서 들여다보는 강은
멈추고 흐르지 않아
강에서 돌아오는 가슴 속에
어김없이 강 하나 가라앉는다

강은 흐르는 것으로 늘 끝나는 거라고
사는 일도 그저 흐르는 일이라고
아무리 되뇌어도
흐르지 못하는 가슴 속의 강.

먼 산 먼 하늘 2

이승을 떠나보내는 길목이지
먼 산 먼 하늘 뒤로
아득히 빈 것들 모여
다시 먼 산 먼 하늘이 되고
평생 멀기만 하던 것들
저물면 붉게 타올라
검은 산 검은 하늘이 되어서야
손에 잡힐 듯하지만
빈 산 빈 하늘로 사라지고

그대와 내가 서로 닿을 길 없이
심장딴곳증을 앓는
숨 막히는 이승에서
완벽하게 숨구멍을 틀어막는 것은 언제나
빈 것들

내 속의 것들조차
나도 모르는 이름으로 불려나가
돌아오지 못하고 바람으로 눕는 메아리가 되고
돌아오지 못하고 비만 뿌리는 구름이 되고

자꾸만 자꾸만 불려나가
빈 것이 되어 돌아가는 그 자리는
꽃잎만 떨구고 서는 빈자리.

엄나무 가시 위로 바람 불고

 사소한 목숨으로 사소한 소망을 담아온 내가 가시로만
자란 엄나무에 매달려 바람으로 펄럭일 때 부처를 베고
에미를 베고 나를 베었던 무딘 칼날로 너는 심장 깊은 곳
을 찔러다오

 네 안에는 그래 바람의 길 햇빛 타박타박 걷는 길이 나
있어 느닷없이 바람이 불면 잘 있거라 인사할 틈도 없이
헤어지느니 오래 함께 한 너를 떠나보내면 더 오랜 영원
을 헤어져야 하리 하나씩 빛을 걸러내고 어둠으로 돌아가
는 길 나는 엄나무 가시 위에서 흰 날갯짓으로 퍼덕이고
너는 나무 아래에 웅크린 채 떨고 있구나

 네 눈물을 내게 들키지 말아다오 네가 내 손을 마주 잡
을 때마다 따스해지던 시간으로부터 늘 돌아서고 싶었다
바람이 서로 헤어져 마침내 어둠이 되는 일을 지켜보며
오늘 밤 너에게 술을 마시우고 내가 취한다 사라지는 모
든 것들아 그만해도 되었다 혹여 외로우면 그때마다 살을
찢는 아픔으로 서로를 생각해 내자꾸나.

그대는 산사山寺의 저녁노을로 내리고

그대는
山寺 위 가을 저녁 하늘에
홀로 걸린 초승달
(그대는 이 옷 저 옷 고르다가 눈부신 빛으로만 몸을 감
싸다)

나는 태어날 때와 다름없는 어둠으로
그대가 빛나는 동안만큼만
그대 뒤편에 떠 있는 입맞춤

山寺에 매달린 북은 울지 않고
매달린 종鐘도 울지 않고
목탁소리조차 들리지 않으나
그대와 나의 입맞춤, 목탁소리에
별 하나 열반涅槃하고
사랑 하나 열반하고
나도 태어나기 전으로 돌아간다

억 겁 불어가는 가을바람
山寺의 저녁노을.

살아있어야 인생이다

살아있어야 인생이다
부르면
집 나간 영혼 하나
마른 풀냄새 풀풀 날리며
바람 문을 밀고 들어서는 것이지만

살아있어야 인생이다
고단하구나 흔들리는 바람
마른 풀로 눕고

고개만 돌리면 늘 거기 있어 젖을 물리던
어미의 기억 때문인가
고개 돌리듯 손을 내밀면
그대보다 먼저 손을 내미는
그것이
그대와 나의 어둠인 줄을 안다

수많은 발자욱들 굳은 자리 위로
비 내리고
피어나는 작은 꽃 한 송이

기다림도 꽃을 피우는 것이라 믿는 것인데
그대 가는 발걸음마다 피어나는 것인데

살아있어야 인생이다.

봄비 내리는 골목 풍경

봄비 내리는 동네 골목
뒤뚱뒤뚱 제자리를 맴돌며 바닥을 쪼아대는
새 한 마리
놀래키지 않으려 살그머니 옆을 지나쳐
이만치에서 지켜보는데
까만 고양이 한 마리 뒷담장 위에서 훌쩍 뛰어내리더니
새에게는 눈길도 주지 않고 맞은 편 골목으로 사라진다
빗방울처럼 바닥을 쪼아대던 야윈 새가
가만히 비를 맞다가
고양이가 사라진 골목으로
끌리듯 종종 쫓아 들어간다

새가 바닥을 쪼듯 나도 막걸리 몇 병을 들고
골목으로 다시 돌아와
새가 비를 맞던 자리에서 뒤뚱뒤뚱 제자리를 맴돌며
골목 이쪽 저쪽을 돌아보지만
새도 고양이도 보이지 않고
새와 고양이를 삼킨 골목의
벌린 입 속 어디선가
개 짖는 소리 들리고

그저 비 내리는 소리
한 적막이 다른 적막을 삼키는 소리.

소망의 이름

버킷 리스트bucket list에 올려 둔
단 하나의 소망이 이루어진 날엔
집으로 돌아오지 않아도 좋으리

(집이 늘 새로운 시작일 때 사람들은 집으로 돌아온다)

사람의 마지막은 늘 길 위에서이므로
어느 길 위에 누워 잠들지라도
여한이 없을 터이다

평생의 사랑도
새벽 별빛에 반짝이는 이슬도
한 번이 전부라는 증거

오래 묵은 소망
그것의 이름을 지어 주기 위해
집으로 돌아오지 않기 위해
오늘도 집을 나서야 한다.

여반장如反掌

손등에서 십 년 손바닥에서 십 년
손등은 손바닥으로 손바닥은 손등으로
껴안다가 쓰러지고
껴안다가 쓰러지는
손바닥은 손등을 손등은 손바닥을
기억하지 못하네

그러니 어쩌누
네가 사는 만큼만 사는
나는

내가 사는 만큼은 결코
살 도리가 없는
나는

어쩌누
내가 사는 만큼만 사는
너를.

(아무리 보아도 참새는 참새와 놀고 오리는 오리와 놀고)

나의 오이디푸스

고단한 잠으로 둘러친
울타리나 벽 틈으로부터
수상한 중얼거림이 밤마다
벌레처럼 기어 다닌 것을 안다

처음에는
제 눈을 스스로 뽑아버린 운명이
눈 먼 두 손으로
내 눈을 더듬는 기척이라 여겼지만
내내 숨을 죽이고
잠들지만 않는다면
피할 수 있으리라 여겼다
귀를 막으면
듣지 않아도 되는 소리이거니 여겼다

늘 잠이 모자라 비몽사몽이던
어느 날 어느 주막에서
내 잔과 함께 잔을 들어올리는 손
눈 먼 오이디푸스의 손을 보았다
내가 부르짖는 소리는

소리가 되지 못하고 나의 꿈 밖으로 쫓겨나
그날부터 수상한 중얼거림이 되었다

말을 거는 것들

오사카의 한 나무가 서울의 한 나무에게
고오베항의 바다가 부산항의 바다에게
말을 건다
봄인가 했더니 초여름인가 했더니 한여름이다

동대구역 옆의 작은 공원에 현수막이 걸렸다
'비둘기는유해동물입니다비둘기에게과자나음식물을주
지마십시오'
굶주리는 평화여
동대구역의 비둘기가 오사카城의 까마귀에게 말을 건다
나는 너에게 유해동물인가

북한의 꽃제비 하나가 태우는 담뱃불
불가사의라는 지구라트의 제단 위로
푸른 연기가 피어오른다

나무 위에도 송전탑 위에도
까치가 집을 짓는다
잔가지 하나씩을 물어다가 오래 걸려 짓는다

어쩔 수 없이 지하철 속에서는
낮도 밤도 아닌 것에게
말을 건다.

에스프리

1.

애당초 산 자가 어디 있고
죽은 자 어디 있더냐 노래하며
내 귀신 네 귀신 서로 손 잡고
새벽닭이 울 때까지 춤을 추자꾸나
눈물을 훔치던 손으로 손뼉을 치며
벼랑 끝에서 벼랑 끝으로
둥실둥실 춤을 추며
귀신 놀음 하자꾸나.

2.

우리도 바람도 알고 있네
이 또한 지나가리라
이 또한 지나가리라

세상의 절반은 바람
나머지 절반은 사라짐이니
절반의 농담이라며 퍽 엎어질 때에
울다 지친 갑순이와 갑돌이를

달빛이 밤새 업고 간다.

3.

가물거리는 내 눈이
꽃 한 송이 풀 한 포기라도
마지막으로 볼 수 있다면

아서라 나의 生아
날개 있는 것들이 물속에 더 깊이 가라앉듯
깊고 고요한 잠이 구원이리

백 년의 잠이 부족하여
나는 눈이 감기고
또 다시 백 년일까 천 년일까
나의 잠이여.

4.

내 마음은 노랫 속에나 몸을 누이고
그대를 품은 노래는

부디 따뜻하거라
나는 그대가 묻힌 곳에 누워
끝도 없는 꿈이나 꾸리

그러니 꿈이여 이제는 떠나거라
다시는 한恨도 슬픔도 낳지 말고
아는 체도 말거라
내가 나에게 지치고 혼곤하여
견고한 어둠 속에서나
평안하리.

지하철 3

한결같이 검은 물결이
창을 할퀴며 흐르는 가운데
늘 흔들리는 미세한 떨림과 떨림의
보이지 않는 틈새를 노려본다
훅 코를 찌르는 냄새
고막을 간질이는 소리
비밀의 방이 있다는 증거였다

날 찾아 봐 줘
방에서 벗어나고 싶어
날 찾아 봐 줘 제발

너와 나의 얼굴들은 모두
어두운 양수 속에서 배냇짓하는 퍼즐 조각
물음만 있고 답이 없는 것들이 죄다
비밀이 되어왔던가
아아 나는 너무 오래도록 비밀을 생각해왔다
모든 풀과 나무와 꽃들의 뿌리는
땅 밑에 있지?

날 찾아 봐 줘 제발.

빈자리

혼자라도 혼자가 아니라며 들르는 주막
내 곁에는 내가 시름이 되어 앉는다

구비 구비 돌고 돌아 온 길도
이만치 끝이 다가설 듯
내 앞 빈자리가 내 자리인 듯 한데

혼자라는 말은
맞은편이 아닌 내 옆이 비었다는 말
사는 일이란 누군가의 옆이 되었다가
떠나보내고 떠나가는 일

내가 앉은 자리도 누군가 떠난 자리
어쩌면 예수도 떠난 자리
떠난 자리마다 남은 것은
있어도 없는 것
있어도 없는 그대의 자리를
있어도 없는 나의 자리가
따스하게 보듬어 안을 수 있을까

사랑해도 사랑한다는 말은 하지 말 일이다
사랑한다는 말보다 슬픈 말이 어디 있으랴.

아르고스,
눈을 감다 배동욱 시집 · 작가마을 시인선 49

제3부

지나가리라

이것 또한 지나가리라
하며 솔로몬이 지나가고
그 보다 앞서 내가 지나가고

숲은 대나무 빈속에 웅크리고 앉아
우 우 우는데
세상의 어떤 소리도 닮지 않은 소리
들려오는 소리가 아니라
지나가는 소리

대나무의 몸속은
빈 것들로 가득 차
눈물 하나도 더 채우지 못한다.

비와 새

양주골을 나선 새의 하늘에서
비가 내리고
새는 길을 잃고
비에 젖기만 한다

새는 지하철역에 앉아
생각한다
이전에도 길이 있기나 했을까
품을 뒤져 꺼내드는 열매 하나
그것을 준 그의 새는
지금은 없다
그도 마음 속 길을 잃고
어느 나무 아래에서 젖은 몸으로
떨고 있을까

다른 곳에서 다른 새가 떨고 있다
돌아보면 날아가고 없는 길과
길 위의 새는
끝없이 뒤쫓는 생각이나 그리움으로도
만나지 못한다

〉
비가 내리면 비에 젖고
달빛이 비추이면 달빛에 젖을 뿐
새는 길을 잃고
그리움도 갈 곳 없이
비에 젖는다
비가 내린다.

수락산

이보다 슬픈 일이 어디 있을까
나의 그대가 되어 줄 이 있으면
달려가 그의 그대가 되리라
생각하는 일보다
더 슬픈 일이 어디 있을까
누군가 나의 그대가 되어 준다면
그의 그대가 되리라며
메마른 입술을 다문 山

山의 세월 앞에서는
제 아무리 화려한 단풍이라도
한 조각 구름이나
한 줄기 바람으로 지나가고 마는
하나의 슬픔에 지나지 않아
山의 몸속으로만 부는 바람
몸속으로만 흐르는 江

山을 내려오며 몇 번이나
몸을 내던져 山의 슬픔을 껴안아보지만
山은 저만치

그대의 뒷모습을 지켜보며 말없이 집을 짓고
나는
집을 찾아 떠난다.

* 수락산 : 서울시 노원구 상계동, 의정부시, 남양주시 경계에 있는 산

만해 생가生家 기행

나는 그의 아내이었던 적도 딸이었던 적도
그의 형兄이었던 적도 없다
항차 그의 님이었던 적은 더더욱 없는데
먼 길을 달려 여기를 왜 왔나
초가집을 둘러싸고 나즈막한 山들이
옆으로 길게 누웠는데
일곱 살 때 떠났다는 그 집을 찾아와
옆으로 길게 누운 만해를 보았다
집 뒤 대나무 숲이나 이미 넋이 떠난
어릴 적 그의 감나무 아래에도
그가 길게 누워 있었다
그 곁에 나도 누웠다가는
앞마당의 우물이 되어 눕거나
뒷 숲길 사이에 갇힌 바람이 되고 말거니
허겁지겁 간월바다로 떠나와 몸을 씻는다 해도
여전히 손 안에서 미끈거리고 파닥이는
새우로 환생한 이것을 잘근 씹어 삼키며
개 끌듯이 끌고 온 내 하루를
간월바다에 묶어 두고 모른 체
나는 낮달 같은 해만 바라보았다.

* 만해 한용운 생가 : 충남 홍성군 결성면 성곡리 492에 위치

장마

비가 이리도 오래
주야장천 오는 것은 처음 보았다
비가 그 거대한 자궁의 문을
꽃처럼 여는 것도 처음 보았다
오래 내리는 비로
땅 위의 것들
산산이 허물어져 제 모양을 버리고
사람들은 미끈거리는 어족魚族이 되어
빗살로 그려내는 풍경 너머로
헤엄쳐 사라져 간다.
그곳은
비의 투명한 해체解體의 손으로
되돌아가는 본래本來의 자리
세상은 비의 자궁 속에서
새로 태어날 준비를 하고
너와 나도 마침내
혼자가 아닌 하나가 되는
빗속 세상.

광안대교 앞에서

무슨 이유로 너는 바다 밑바닥에
굳건히 발로 버티고 서서
밤낮 철썩이는 파도를 견디며
홀로 서 있을 수 있을까

오늘 내가 만나는 것은
내가 세상에 오기도 전부터
출렁임으로 나를 기다려 온
오랜 그리움에 속속들이 젖어
비릿한 그것

아주 옛날 바다를 향해
벗어던진 구두 한 켤레가
파도를 따라 흐르지 못하고
저토록 바다를 물고
서 있나 보다

내가 그러하듯 너도
고집스레 그 한 곳만을 지켜보다가
이윽고 밤의 그물이 낱낱이

거두어들이는 어두운 세상이 되어
사라지리라.

* 광안대교 : 부산의 남천동과 해운대 센텀시티를 잇는 총길이 7.4 km, 2층 구
조의 다리.

엑소더스Exodus 3

머나먼 사막의 햇볕으로부터
바람이 불면 노래하는 높은 나무 위에
내 뼈를 걸어두고 싶어
하얗게 잘 마를 거야
땅 밑 강물 속에서 건져 낸
죽은 아버지와 누이의 뼈도
나란히 걸어 두어야지
죽은 자들의 뼈는
산 자들의 기억 속에서는 잘 마르지 않아
바람과 햇볕만이 손닿는 높은 나무에
바람처럼 햇볕처럼 걸어 둬야 해
나는 일이 죄罪이고 사는 일이 벌罰이지
베아뜨리체의 뽀오얀 가슴이
아름답지 아니한가? 일테면
서럽지 아니한가? 서럽지 아니한가?
내 몸 안에서는 해가 뜨고 해가 지고
뜨는 해와 지는 해는 한사코 같지 않아
가슴 앓는 시인과 울음 삼키는 시인과
막걸리 한 잔에 얼큰하여
어깨를 걷고 집으로 오는 언덕길에

예배당에서는

수취인 불명으로 되돌아 온 편지 같은

노랫소리

같은 노래 같은 사소한 인생이라도

통각痛覺은 다른 법이지

우리 막걸리나 한 잔 더 할까?

밤의 소묘素描

어김없이 하루에 세 번
일 년에 백팔 번의 열 배를 씹는 밥은
잡곡이라도 섞인 듯 번뇌煩惱의 맛이 난다
수 세기라고 헛되이 말하지 말자
사는 동안 떠난 것들은
과녁을 잃은 화살이지 않으냐

떠나라 해도 떠나지 않는 너는
낮과 밤의 두물머리나
옛사랑이 사는 동네의 느티나무로
느릿느릿 늙고 있으리

절망보다 향기롭게
모든 어둠을 어둠으로 차오르게 하는
아침이면 물고기 비늘 하나 하나로 빛나는

밤의 눈 속의 낮의
낮의 눈 속의 밤의
저녁 안개의 부드러운 욕망을 빨아들이며
오래 떠나지 않고 기다려 온 네가

나에게만 줄 수 있고
나만이 받을 수 있는 단 하나의 선물
그것이 마지막 밤일지라도.

번뇌반추 煩惱反芻

1.

품속에 간직한 편지봉투는
조금씩 닳아 간다
꺼내어 볼 때마다
닳아 간다

내 방 안에는 저녁노을이 기울고
기울어가는 저녁노을에 기대어 멀리
새벽별이 저물어 가는 것을 본다

새벽안개에 젖는 눈을 들어
휘파람이라도 불어 보리라
살아 있는 모든 것들
그 소란한 슬픔을 대신하여.

2.

나는 모든 밤을 묻고 빈 손으로 돌아서는
하얀 새벽들판이니
오라 세상의 삶이여

서럽디 설운 네 울음들 모두
내 품 안에 고이 묻어
꿈꾸는 세상
붉은 해 하나로 살려 내리라
맑은 바람 한 자락으로 놓아 보내리라.

오줌 누는 사내들

1.

밑 빠진 독에 물 붓기다
밤낮 가리지 않고 지붕이 새는 집이다
아무 것도 머물 수 없다

머물 수 없는 것들이 차오르면
넘치기 전에 비워야 한다
차오르는 것이 무엇이든 비우기는 똑같다
30년짜리 싱싱한 항아리도 70년 묵은 금 간 항아리도
벽 앞에 나란히 서서
올려다보고
내려다보며
온 힘을 다해 비워낸다

목숨이란 그렇게 쥐어짜는 것
쥐어짜서 밖으로 쏟아내는 것
비밀도 없이 쏟아내는 것

벽을 떠난 후에도 사내들은

다시 돌아올 것이다
다시 돌아와
뜨겁게 더욱 뜨겁게
쏟아낼 것이다.

2.

날이 춥다
몸조심해라
간밤의 전화 저쪽 늙은 어머니의
목이 잠긴 듯한 목소리가 떠올라
달려간다
아이의 등록금 통지서가
눈앞에 어른거려 한사코
달려간다
전세금 오른다는 소문에도
참지 못하고 달려간다
힘들어 지친 친구의 메시지를 받고
참다 참다 달려간다

사내들이 달려가는 곳에는
벽이 있어야 한다

하나님의 선물, 벽 앞으로 달려온
사내들 모두
이산화탄소를 삼키고 산소를 내뿜는 나무가 된다
너도 나도 가지를 벋어내는 나무가 된다
가지마다 새가
운다.

노을이 있는 겨울

55년 만의 한파에
웬걸 저녁노을이
따스하구나

창窓 밖으로 내다보는
사람의 마을
마을 뒤 눈 쌓인 바위산까지

노을 닿는 곳마다
불을 지핀 듯 따스하구나

수선거리고 꼬물거리며 살아있는 것들의
부질없이 뜨거운 심장이
서로 부르는 소리가
이 겨울
저녁노을이 되었구나

사소하게 서 있는
내 창의 유리에도
입김처럼
저녁노을이 서리고.

온 길로 가는 길

바다에는
내 어머니의 바다와
그대의 바다와 나의 바다가
더러는 가까이 눕고 더러는 멀찌감치에서
오래된 편지들을 하나씩 꺼내어 읽고 있었다

썰물이 나가는 길은 밀물이 들어 온 바로 그 길.
바닷가를 거닐다가도 종내 왔던 길로 되돌아가듯
세상에 들어 온 그 길을 따라 돌아 나가는 지난날

산자락에도 앞산 뒷산 무심히 마주 앉아 졸다
슬며시 일어나 인사도 없이 제 갈 길로 가고
온 길과 가는 길 사이를 맴돌다 소나무 하나 붙안고서
날 놓아라 이놈아 소리 지르는 산

가는 자는 가고 오는 자는 오는데
산에서 내려온 산은 막걸리에 취해 잠이 들고

어스름한 저녁 무렵
빈 집이 자꾸만 소리를 내고
그럴 때마다 빈 집들 하나씩 가슴에 쌓여간다.

설날 話頭

- 전도자가 가로되 헛되고 헛되도다 모든 것이 헛되도다.(전도서 12:8) 일의 결국을 다 들었으니 하나님을 경외하고 그 명령을 지킬지어다. 이것이 사람의 본분이니라 (전도서 12:13)

1.

동굴 벽의 그림자가 동굴 벽의 그림자에게 다가서는 것은 조상님들 때부터 있어 온 범상한 일이다 동글 벽의 그림자와 그림자가 동굴의 벽에서 벗어날라치면 그림자를 지울 듯이 폭풍이 휘몰아친다 동굴의 벽에서 폭풍이 일어나는가 했다 하지만 폭풍은 명백히 그림자가 없다 그림자가 없으면 동굴 벽도 없고 동굴 벽이 없으면 그림자도 없다

Memory, All alone in the moonlight
I can smile at the old days
I was beautiful then
I remember the time
I knew what happiness was
Let the memory live again*

너는 동굴 벽의 그림자인가 동굴 벽인가

2.

나의 흙 한 줌 손에 꾸욱 쥐고 살다 보면 아프다 몹시 아
프다 몹시 아픈 나는 죽을힘을 다하여 흙 한줌 쥔 손을 더
욱 세게 모아 쥔다 나를 아프게 하는 것들에 대항하는 길
은 내가 나를 아프게 하는 것인가 내가 나를 아프게 할 수
있다는 무한한 자유 속을 헤엄치다 마침내 새가 된다

새는 노래하는 것인가 우는 것인가?

3.

목은 이미 땅에 떨어져 뒹군다 땅바닥을 뒹굴며 키득거
린다 목이 없는 몸뚱아리가 우습다고 데굴데굴 구르며 키
득거린다 맹세코 그렇듯 많은 눈물을 쏟아내며 키득거린
적이 없다
목이 없는 몸뚱이는 그림자로 십자가를 그려낼 수 있는
가?

4.

눈 덮인 흙다리를 함께 걸으며 손을 내미는 것은 네 손을 달라는 것이냐 내 손을 준다는 것이냐

슬픈 생각이 늘 가득한 네 손을 잡는 것은 네 손 안의 슬픔과 내 손이 움켜쥔 한 줌의 질긴 흙을 섞기 위함이다 꺼지지 않는 불로 구워 낸 그것을 나의 十字架라고 하자 십자가 위의 사랑이라고 하자

– 그가 대답하되 나를 들어 바다에 던지라.
  그리하면 바다가 너희를 위하여 잔잔하리라. (요나 1:12)

---

*T.S 엘리엇(1888~1965)의 시집 「Old Possum's Book of Practical Cats」를 원작으로 하는 뮤지컬 「캣츠」에서 늙고 병든 고양이 그리자벨라가 부르는 노래 중에서.

당신을 사랑한 것은

밖이 내다보이지 않는 방에서
늦은 밤 손톱을 깎으며 생각한다

예쁜 칠을 한 당신의 손톱이 예뻐서
당신을 사랑한 것은 아니라고
당신이 선 자리 뒤편의 장밋빛 노을이
당신을 사랑하게 한 것은 아니라고

잘려나간 손톱을 쓸어 담아 버리면서
생각한다
당신을 사랑하게 한 것이 있었다고
당신을 사랑하게 한 것을 잊었다고

밖이 내다보이지 않는 방에 앉아
언젠가
밖을 내다보다가 당신을 사랑하게 되었다고
당신을 사랑하게 한 것은
그것뿐이라고.

구름은 하늘을 기억하지 않는다

지하철역에서 집까지 걸어 온 길
그 길 위의 내 발자욱을 생각한다
내가 발자욱을 생각하면
발자욱도 나를 생각한다
우리는 서로 기억하지 않고 그저 생각만 한다

꽃 한 송이가 지고 있다
어두운 하늘 저 편으로 구름 한 조각 사라져 간다
꽃은 봄을 기억하지 않는다
구름은 하늘을 기억하지 않는다
모든 것들은 서로 기억하지 않고 그저 생각만 한다
사라지는 것들의 사라짐에 대하여

사백 년 묵은 느티나무에 매달린 것은
기억을 짊어지고 사라져 간 것들의 등이다.

기다림의 풍경

그대가 누구든 찡긋 눈짓만 해 다오
그대는 결코 잊히지 아니하리라

누구든 다만 손을 내밀어 다오
세상 한 줌 사랑 한 움큼
별 한 줌 안개 한 큰 술
단 하나 그대만을 위한 레시피로
최고의 요리를 장만해 주마
그대는 단지 눈만 찡긋하면 된다

오래 기다려 온 내 바로 앞에서 차례가 끝나면
내 자리는 기다림이 끝난 자리

창밖의 풍경은 격자 모양으로 나누어지고
조각들을 아무리 맞추어 보아도 이어지지 않는
난해한 풍경
기다림도 조각조각 나뉘어 도저히 맞추어 볼 길이 없는
데
그 간극으로 빠져 달아나는 것은 그저 풍경에 지나지 않
는다고
믿으란 말이지?

술국

콩나물에 황태를 찢어 넣고
술국을 미리 잘 끓여둡니다
늦은 밤 취해 귀가하면
우렁각시라도 만난 듯 여겨지겠지요
쓰린 속을 달래며
사는 건 그런 거다
속으며 살아낸 내 하루를
달래어 보겠지요

새벽이면 재첩국을 사다 술국을 끓이던 어머니와
그 술국으로 한 생을 잘 달래다 돌아간 아버지와
이제야 술국 맛을 알아버린 그들의 아들, 내가
이승과 저승이 허물어진 울타리 옆에 도란도란 앉아
술을 마시고 술국을 마시는 꿈같은 인생을.

배경

벽지 밑의 낡은 벽지
그 밑의
더 낡은 벽지

어린여자와젊은여자와늙은여자
늙은남자와젊은남자와어린남자

새벽 위의 아침 위의
한낮 위의
저녁에
흐르는 강 위로
저녁 해 황금빛으로 눈부시더구나

덧칠하는 모든 것은
새로운 배경이 되고
언젠가 나도
있는 듯 없는 듯
그대 시간의 한 배경이 되리.

두부전골

퇴근길 주막에
두부전골이 앓는 소리를 내며 끓는다
불을 높이면 높이는 대로
두부가 들썩이며 끓는다
붉은 국물 하얀 두부살 위로
거품을 일으키며 끓어오르는 저 열기

어떤 불길이었나 어떤 불길이
끓으며 흔들리는 두부처럼
오늘 하루
나를 흔들어대었나

한때 논두렁에서 햇볕을 쬐며
하늘보다 푸르게 꽃보다 영롱하게
'반야般若…
당신이 사랑하는 그 이름으로
나를 불러주시겠어요?'
세상 밖의 세상을 꿈꾸기도 했을
하얀 저 속살.

몸으로 사는 세상

천 년 된 은행나무 아래에서
잠시 천 년
수천만 년 된 땅바닥에 누워
잠시 수천만 년
수억 년 된 하늘을 올려다보며
잠시 수억 년

아낙 하나 아이 손을 잡고
황톳길을 간다
아이의 얼굴이 나를 닮았다
황톳길가 드러누운
누런 소나무 한 그루 떠나보내는 소리
죽은 아비를 닮고
죽은 소나무 옆으로 그네를 타는
꽃인가 풀인가 바람인가
죽은 누이를 닮았다
억 년을 거슬러 올라 억 년을 닮으려는 나를
붙잡아 앉히는 까닭을 나도 모른다
대웅전에 가부좌를 하고 앉은 금빛의 나
십자가에 매달린 핏빛의 나

〉
몸을 스쳐 지나는 천 년, 수억 년
너머에서 들리는 소리
두려워 그대 눈 속으로 찾아들어도
그대 눈 속 눈부처
더 이상 갈 곳이 없다

몸 이곳저곳
핏물 배어난다.

아르고스,
눈을 감다　　　　배동욱 시집 · 작가마을 시인선 49

제4부

빈 집 2

내가 내게로 돌아오면
그곳은 늘 빈 집
배고프다 배고프다
빈 집이 나를 파먹는데

눈 감기고 입 막는 황사바람이라도
노려보는 외눈박이 고양이라도
아니 머리 풀어헤친 귀신이라도
끊임없이 내 살을 파먹는
빈 집보단 나아

제 꼬리부터 먹어 들어가
먹는 것과 먹히는 것이 마주치는
끝내는 그림자까지 파먹히는
시간의
빈 집.

아무도 모르는 바다

아무도 찾지 못할 구석에 숨어서
바다가 혼자 울 때면

우는 바다 위로
소리 없이
비가 내리더구나

아무 생각 없이
비가 내리더구나.

빈 집 3

내 집은 그냥
너른 마당이어서
문을 따지 않아도
담장을 넘지 않아도
바람이 무시로 불어오가고
세월 드나드는 곳
내 곳간은 늘 비어있다

안다
어떤 도둑이
어느 날엔가 내 얼굴을 훔쳐가고
하나님 전 상서도 훔쳐가고
내 뼈를 하나씩 훔쳐가기 시작한 줄을
마침내 마침내
내 빈집을 훔치고
너른 마당에서 탄식을 하며
흘리는 그의 눈물을
내가 안다.

세 번째 닭이 울었다

삭개오가
나무 위로 올라갔다
삭개오가
나무 아래로 내려왔다
삭개오가 나무 위로 올라갔다가
나무 아래로 내려왔다

피투성이가 된 스데반이
눈을 들어
핏물에 젖어 붉기만 한
하늘을 올려다보았다

물고기 뱃속에서 부르짖던 요나가
스데반의 부서진 머리를 안고 졸고 있다
나무 아래로 내려 온 삭개오의 손에
나비 한 마리가 잡혀 있다

(나는 그 아이의 고무줄을 자르지도
그 아이의 안경을 깨지도 않았다
모두의 손가락이 나를 가리켰던 이유를

아직도 모른다)

세 번째 닭이 울었다
새벽이 너무나 슬퍼
새벽을 붙안고 울었다.

매직Magic

단 한 번이라도
믿어줄 수 있겠니?
내가 솔개였다는 것을

세상의 먹장구름 위
빈 하늘로 날아올라
솟는 해, 지는 해 서로 만나지 못하는
멀고 먼 그 사이로 화살처럼 날아
정확히 화두를 꿰뚫으며
찬란히 몸을 사르는
혼魂

마법이 풀리는 마지막 날
솔개로 돌아가리라
말해 줄 수 있겠니?

한생을 떠다녔어도
허술한 말뚝에 매인 끈
목숨 위로 그저
흔들리며 맴돌았을 뿐이라
고백하는 그 날에.

창호지에 뚫린 구멍

여기는
모든 것이 모든 것을 비워내는 곳
목숨도 목숨 같은 사랑도
도리 없이 비워내는 곳

내가 나를 비우면
내 속의 너도 비워지고
네가 비워지면 또 다시 내가 비워지는데
빈 것들은 빈 것들에 기대고 싶어
이곳이 저곳으로
침 묻혀 창호지를 뚫는다

나는 다만 창호지에 뚫린 구멍
언제든 내 전화를 반가이 받아줄 것 같은
바람을 만나고
마른 풀냄새를 만나고
무덤 속 향기도 만나고
내가 너를 만나고
내가 나를 만난다
잘 가거라 잘 있거라도 없는.

말줄임표와 말없음표

1.

 나 내일 출근해 모레도 출근해 글피도 출근해 다음날 그
다음날도 출근해 또 그다음날도 출근해 출근해 다음날도
출근해 … 계속할까?
 다음 달에도 출근해 첫날에도 출근해 다음날도 그 다음
날도 출근해
 다음 달에도 또 그 다음 달 그 그 다음 달에도 출근해 …
계속할까?

 난 그날 죽을 거야 D일에 죽을 거야 난 D−n일에 죽을
거야 D−n−1일에 죽을 거야 난 D−n−2일에 죽을 거야
D−n−3일에 죽을 거야 D−n−4일에 죽을 거야 난 D−n−
5일에 죽을 거야 D−n−6일에 죽을 거야 D−n−7일에 죽
을 거야 난… 계속해도 될까? 계속할 수 있을까?

2.

 무슨 말을 어떻게 할 수 있을까
 하고 싶은 말들 길을 잃고
 철썩이는 파도에 죄다 쓸려나가
 아득한 수평선
 그 서러움의 빈자리가 되고 마는 것을.

그대 뒤로 눈이 내리고

눈으로 내리지 못하는 것들
비로 내리고
비로 내리지 못하는 것들
눈으로 내린다

세상이 맨발로
강을 건너올 때
발목이 푹푹 빠지도록 눈이 내렸다

고개를 숙인 채 일생
눕지 못하고 선 가로등 위로도
눈이 내렸다

그러면 가거라 그대여
가슴에서 가슴으로 흐르지 못하는 물길
가슴과 가슴 사이 잴 수도 없는 거리
그리움이 자라
강 저 편의 아슴한 물빛으로 빛나거든
흰 눈으로 쏟아져 내리거든
그때 문득 생각나는 그대로
가거라 그대여.

비의 눈, 상상

내리는 빗속으로 안개꽃 피어나고
천천히 눈을 뜨는 비의 눈 속 퍼렇게
오한을 일으키는 江이 흐른다
강은 빗속에서 무채색으로 탈색되는 나를 볼 것이다마는
거기까지다
너는 그쪽에 나는 이쪽에 갇혀 있어
손바닥 맞댈 수도 없는데 어느새 내 속으로 스며들어
깊은 것들이 잠에서 깨어나듯
너에게 들키고 있다
빗방울처럼 달아나다가 하나씩 붙잡히고 만다

우리는 서로 깊이를 알 수 없는 눈을 마주 본다고
상상만 한다
네 눈 속에서 나를 보는 눈을 보면 내가 보이고
보이는 내 눈 속으로 또 네 눈이 보인다 네 눈 속으로
다시 내가 보이고 눈 속을 들여다보는 일은
끝이 없다 끝이 없다는 것은
얼마나 허무한가 얼마나 견딜 수 없는 일이겠는가
내가 네 눈 속을 들여다보지 않는 것은
바닥에 닿지 못하는

그 끝없음이 두려운 까닭이다

나도 너에게 스며들어 네 깊은 곳에 내 자리를 찾아
잠시 눈을 감고 싶다
비로 내리고 싶다
강으로 흐르고 싶다.

야상곡夜想曲

1.

꽃이 떨어져 죽고 꽃의 주검 위로 낙엽 덮이고
무덤 위에 서서 늙어가는 나무에 비 내리고
내 안 구석자리마다 나무들 하얗게 빛나고
얼굴 없는 꽃들 뚝뚝 떨어지는데
천만다행으로 아무 것도 약속하지 않았다

물 흐르고 바람 부는 소리에 한생이 다 간다
나무에 목매달 일이 아니다
나무인들 어딘가 목매달고 싶지 않으랴
어느 꽃 어느 잎도 내 것이 아니듯
꽃도 잎도 다만 그의 것이 되기 무서웠을 뿐이다.

2.

나무는 제 그림자를 내게 주고 나는 내 그림자를 준다
내 사랑을 주기에는 나무의 슬픔이 너무 큰 줄 안다
내가 내 사랑의 지도를 모르듯
나무가 밤새 들여다보는 지도에 무엇이 있는지 모른다

산불이 났다 나무는 어디로 갔는가
몸을 태우는 숲을 지나 나무는 내게로 와 눈물을 쏟아내고
어느 날 길바닥에 쓰러져 잠든 이의 품속에
나무 한 그루 안기어 있는 것을 보았다.

3.

손때 묻은 수첩에다 주욱 선을 긋는다
여기까지

선을 긋는 일이 사는 일이라고 말해 주고 싶은데
꽃은 여전히 떨어져 죽고 나뭇잎 떨어져 그 위에 엎대이는데
그대여 보라
머물던 자리는 이 세상이 아니었다
나는 素月的 치매에 걸려
다 '잊었노라'*

* 김소월의 〈진달래꽃〉, '먼 후일'에서.

매미

뜬눈으로 밤을 꼬박 샌
여름날 새벽에
까치보다 매미가 먼저 울었다

땅 속 오랜 세월의 흙 내음이
저렇듯 그악스러울까

나는 살아있다 나는 살아있다
나는 나는.......

저토록 죽을힘을 다하여 울어본 적이 없는 나는
다만 그 소리를 들으며
나도 살아있다 나도 살아있다
속으로 따라 울 뿐.

달빛이 비추는 것은

늦은 밤
너를 잃어버릴 것 같은 슬픔에 잠긴 채
집으로 돌아드는 골목길
살구나무와 그 옆 키 작은 소나무를 지나
그림자도 없이 걸을 때
달빛은 나를 비추고 있었다

외등이 환한 골목길을 지나
집이 있는 곳으로 꺾어들 때까지
달빛은 나를 비추고 있었다

너를 지나 너에게
너를 지나 또 다른 너에게
또 다른 너를 지나
너에게 향하는 길 어딘가
끝없는 길을 걸을 때에
달빛이
밤새 나를 비추고 있었다.

하루 이야기

오늘 하루가 시시해서
죽도록 시시해서
나는 당신을, 당신은 나를
기웃 넘겨다본다
참다못해
시시할 일 없을 거라던 하루에게
계약위반으로 소송을 걸었는데
실종失踪이란다 서명했던 죄로 당신과 내가
하루를 찾아 서로를 기웃거리다가
마침내 찾아낸 하루는
구겨진 달력 같이 버려져
보지도 듣지도 못하네
하루의 혼수상태가 끝날 때까지
당신과 나는
시시해, 시시해
그 곁에서 서성거릴 밖에.

고등어와 십자가

가시를 발라내고 구운 고등어에
젓가락을 대면
가시를 빼앗긴 몸이
순하게 뭉그러진다

창 너머 술집에는
女人의 웃음소리가
한밤의 가시를 죄다 발라내는데
어느 몸에서 발라낸 가시일까
길 건너 교회 지붕의
하얀 십자가

취한 영혼에는
가시가 없다.

여름 한낮의 스핑크스

수없이 말을 걸다
돌아오는 길
아무도 말을 걸지 않았다

시간時間은 지하철에 버티고 앉아
졸기만 하고
책 읽는 수녀修女와
그녀를 훔쳐보는
여름 오후
역사驛舍 벽에는
출구出口를 표시하는 화살표가
여기 저기 날고
오래 길을 가던 사람 하나 두리번거리다
화살표 앞에 멈춰 서고
멈춰선 사람 옆
또 한 사람 멈춰 서고
사람이 가고 난 길은 풀이 덮이는데
멀리서 오던 바람도 길을 잃는데

사람 하나
길을 간다.

사람은 길을 잃고 강으로 온다

늦은 밤 버스 안
땡처리도 못할
시든 얼굴들을 보고
집으로 온 날 밤 내내
개수대에서 들릴 듯 말 듯
바닥이 없는 구멍 속으로
끝없이 흘러내리는
흐느끼는 소리들
울지 마라
사람의 때가 지나고
세상 끝까지 남는 건
지난 세월이 아니라
그처럼 환한 꽃잎을 피워 온 그것
이제는
끝까지 가야만 나머지를 아는
길에 서지 말고
눈물 모여 흐르는 강으로 와
씻고 난 그 얼굴을 들여다 볼 일이다
그러니
울지 마라.

비, 이야기

수백 수천 폭 두루마리로 풀어내는
비의 이야기를 해독하지 못하고
종일 바라보기만 하는 날
나는 너에게, 너는 나에게
어쩌면 그와 같을지 몰라
지레 쓸쓸해지는 날

온몸으로
젖어야만 들리는 이야기들
사는 동안만 젖을 수 있을 뿐인데
빗소리를 듣는 것들은
온몸으로 귀를 여는 나무와 풀
흐르는 물과 흙

네가 비로 내릴 때에
나도 흙과 물
나무와 풀이 되어
온몸 젖은 채
그 이야기에 귀 기울이리.

여백餘白과 배경背景

내가 사랑하는 또 하루가 그려 내는
한 폭의 그림 어디쯤
그대를 생각하며 서성이는
머언 산 하나 그려 넣을 수 있을까

여백이 배경이 되고
그대가 배경으로 멀어져 가도
안심할 일이다
나는 그것의 음화陰畵를 알고 있으니

배경은 늘 사라지지 않는 것
그대 이윽히 배경이 될 때에야
바람을 거두는 울타리를 갖게 되느니

풀이 풀을 찾아 나서고
바람이 바람을 찾아 나서는 때에
배경도 스스로를 그려낸다.

먼 산 먼 하늘

1.

다시 봐도
먼 산
먼 하늘

날아간 새는 돌아오지 않고
공기를 떨어 울리던
날갯짓도 스러지고
이즈음에사
나의 새가 산으로 갔는지
하늘로 갔는지 알 수 없는
먼 산
먼 하늘.

2.

문 밖의 밤
밤을 건너오는
들릴 듯 말 듯한 소리

먼 산 먼 하늘이
가슴 속에 들어와 잠들 때
사라졌던 수많은 소리들
돌아와 같이 잠든다

산다는 것은 여기서
먼 저곳을
오래 건너다보는 일
닿을 수 없는 먼 곳을
가슴에 묻는 일

그러니 그대는 먼 산을 보고
나는 먼 하늘을 보며
같이 홀로 있는 시간이 될 일이다.

아침의 뿌리

치아가 돋아나듯
하루가 돋아나느라
새벽과 아침 사이가 근질거린다
잘라먹은 파가 다시 솟듯
아침이 오는 것은
뿌리가 있기 때문이다

줄 끊어진 연인 양
모든 것으로부터 돌아설 때에도
뿌리는 내 몸 안에서
자라고 있다

하늘 훨훨 나는 새들도
끈 하나씩
매여 있다.

햇빛

그 까짓 거 했다
세상은 오가는 눈빛들로 가득하고
都市는 늘 밝았다

햇빛 환한 날
햇빛의 어깨를 툭 치다가
돌아보는 네 미소가
밤새 참아온 울음인 것을 보고 말았다
끈질기게 너를 움켜잡고 있는
지독한 어둠을 보았다

미안하다
미안하다.

유효기간이 지난 생각

시간이 상한 냄새를 풍기는 늦은 밤
게슴츠레한 눈에 세상은
이승인가 저승인가
도무지 분간이 안 가는데
이승의 개똥밭 구르는 소리들
웅얼웅얼
내 쪽으로 밀려오기도 전에
부패하여 원소로 환원되고
컴컴한 졸음 속으로 쓸려나간다

사라지는 모든 것들은
빛의 속도로 유효기간이 지난 때문이라고
세상도 태초부터 이미 유효기간이 지나
눈길만 닿아도 저절로 무너지는
이승도 저승도 아닌
정체불명의 잠시 동안이라고
유효기간이 지난 생각을
입안에서 우물거리며
삼키지도 뱉지도 못하는 것이다.

실존의 눈으로 포착한 삶과
존재의 아이러니

정 훈(문학평론가)

실존의 눈으로 포착한 삶과 존재의 아이러니
– 배동욱 시의 의미

정 훈(문학평론가)

　배동욱 시집『아르고스, 눈을 감다』에는 수많은 사유의 흔적이
고여 있다. 시인이 삶과 존재에 대해 궁구한 사유의 그늘을 매만
지다 보면 이 세계가 얼마나 거대한 아이러니와 역설을 지니고
있는지 알 수 있다. 그래서 한편으로 경악을 느끼기도 하고 또한
삶이 주는 허무와 공허에 안겨 몸서리를 치게 하기도 한다. 이
모든 것을 아우르는 감각은 어쩌면 슬픔이라고 할 수도 있겠다.
세계 한복판에 외롭게 놓인 실존이 느끼는 이러한 비애를 시인
은 여러 스펙트럼으로 보여준다. 일상생활에서 비롯하는 개인의
심사를 비롯하여 복잡한 인간감정에 대한 관찰, 그리고 세계를
응시하면서 발생하는 형이상학적인 사고에 이르기까지 시인의
감성과 사유는 확장한다. 시인은 견고한 정신적 성채를 구축하
려 한다. 그러므로 배동욱의 시편이 제시하는 시적 경로를 따라
가는 일은 마냥 쉽지만은 않다. 시인의 인생에서 더께처럼 쌓인
사유의 지층이 두텁고 단단해서 그 결들이 가리키는 방향을 가
늠하기가 수월하지 않기 때문이다. 하지만 시인의 사유를 둘러
싸고 있는 감성의 빛깔은 대체로 낭만적임을 알 수 있다. 시인의

견고한 이성과, 낭만이 가져다주는 현실세계에 대한 거부와 이상적 세계에 대한 희구가 버무려지면서 그의 시는 마치 꿈을 꾸듯 하늘거린다.

> 내 마음은 노래 속에나 몸을 누이고
> 그대를 품은 노래는
> 부디 따뜻하거라
> 나는 그대가 묻힌 곳에 누워
> 끝도 없는 꿈이나 꾸리
>
> 그러나 꿈이여 이제는 떠나거라
> 다시는 한恨도 슬픔도 낳지 말고
> 아는 체도 말거라
> 내가 나에게 지치고 혼곤하여
> 견고한 어둠 속에서나
> 평안하리.
>
> ― 「에스프리」 부분

"내 마음" "노래" "그대" "꿈"과 같은 어휘들의 조합에서도 짐작하듯, 위 시는 화자의 서정적인 포즈가 도드라진 채로 전경화되어 있다. 여기서 느낄 수 있는 정조는 변하지 않은 채로 단단하게 놓여 있는 세계가 시인의 낭만적인 감성과 부딪쳐 생기는 절망과 슬픔이다. "나는 그대가 묻힌 곳에 누워/ 끝도 없는 꿈이나 꾸리" "내가 나에게 지치고 혼곤하여/ 견고한 어둠 속에서나/ 평안하리."처럼, 슬픔을 간직한 체념이 꿈처럼 아득한 동경과 이상의 공간에서 영원히 안식을 얻겠다는 시인의 다짐으로 나아가려는 방향을 엿볼 수 있다. 세계와 결코 화해할 수 없는 시인의 마음은 이렇듯 이상적인 상태를 갈구하거나 꿈꾸면서 시적 외연을 채색한다. 꿈의 공간을 지향하면서 또한 부정하는 화자의 마음 한 편에 웅크리고 있는 세계 흡수와 거부의 아이러니는, 이 세계에서 어쩔 수 없이 존재하되 그 존재함이 겪는 아포리아를 드러내는 시적 수사. 시인은 견고한 세계의 장막을 느끼며 시인으로서 지향하는, 세계의 베일을 벗기려는 의지와 감정을 숨기지 않는 듯하다. "견고한 어둠"이 말하듯, 빛을 허용하지 않는 밤의 시공간에 붙박이려는 태도 또한 어떤 '위악적인 수사'일 가능성도 배제할 수는 없을 것이다. 위 시는 시인의 복잡하고 심란한 마음의 반영이자, 세계와 마주한 자가 느끼는 불안과 절망을 애써 잠재우려는 시적 형상화로 보게 된다.

혼자라도 혼자가 아니라며 들르는 주막
내 곁에는 내가 시름이 되어 앉는다

구비 구비 돌고 돌아 온 길도
이만치 끝이 다가설 듯
내 앞 빈자리가 내 자리인 듯한데

혼자라는 말은
맞은편이 아닌 내 옆이 비었다는 말
사는 일이란 누군가의 옆이 되었다가
떠나보내고 떠나가는 일

〉

내가 앉은 자리도 누군가 떠난 자리

어쩌면 예수도 떠난 자리

떠난 자리마다 남은 것은

있어도 없는 것

있어도 없는 그대의 자리를

있어도 없는 나의 자리가

따스하게 보듬어 안을 수 있을까

사랑해도 사랑한다는 말은 하지 말 일이다

사랑한다는 말보다 슬픈 말이 어디 있으랴.

– 「빈자리」 전문

　모든 존재는 고독하다는 게 아마 시인의 전언인 듯하다. 「빈자리」에서 노래하는 화자의 말들 또한 고독이나 쓸쓸함이 배어 있다. "내가 앉은 자리는 누군가 떠난 자리"다. 모든 사람이 가고 오는 중에 사랑과 이별이 마련된다. 비어 있는 자리에 누군가 들앉을 테지만 모든 존재들이 사라졌다 생기는 이치를 무엇이라고 설명할 수 있을까. 시인은 묻는다. "사랑해도 사랑한다는 말은 하지 말 일이다/ 사랑한다는 말보다 슬픈 말이 어디 있으랴."고. '사랑'이라 뱉어도 그 사랑이라는 말은 공기 중으로 흩어진다. 그리고 사랑이라는 말을 뱉은 대상도 어느 순간 사라지고 만다. 영원히 놓여 있을 것만 같은 사람도 시간이 지나면서 점점 노쇠해져 가고 특정한 시간이 지나면 없어진다. 존재가 떠나고 들어오는 자리들마다 폐허다. 시인은 이러한 허무에 길들여져 있는 존재고, 너무나 익숙해져 아무렇지도 않은 듯 느끼는 것처럼 보일 지경이다. 빈자리마다 가득 찼던 존재의 무게는 어느덧 형체도 없이 증발되고 만다. 변화무쌍한 이 세계에서 영원한 것은 없다. 이 자명한 진리는 생각할수록 신비만 안겨다 준다. 깨달을수록 허무와 공허에 가까워져만 가는 우리 삶이다. 시인은 그렇게 흘러가고 흘러 들어오는 모든 것들이 전하는 메시지에 귀를 기울이는 존재다. 빈자리는 언젠가 다시 채워지는 자리고, 채워져서 알맞은 자리는 또 언젠가 비워져야만 하는 자리다. 이 자리들마다 모든 생명들이 탄생하고 소멸한다. 시인은 그러한 자리를 보는 것이다.

바다에는
내 어머니의 바다와
그대의 바다와 나의 바다가
더러는 가까이 눕고 더러는 멀찌감치에서
오래된 편지들을 하나씩 꺼내어 읽고 있었다

썰물이 나가는 길은 밀물이 들어 온 바로 그 길,
바닷가를 거닐더라도 종내 왔던 길로 되돌아가듯
세상에 들어 온 그 길을 따라 돌아나가는 지난날

산자락에도 앞산 뒷산 무심히 마주 앉아 졸다
슬며시 일어나 인사도 없이 제 갈 길로 가고
온 길과 가는 길 사이를 맴돌다 소나무 하나 붙안고서
날 놓아라 이놈아 소리 지르는 산

〉
가는 자는 가고 오는 자는 오는데
산에서 내려온 산은 막걸리에 취해 잠이 들고

어스름한 저녁 무렵
빈 집이 자꾸만 소리를 내고
그럴 때마다 빈 집들 하나씩 가슴에 쌓여간다.

─「온 길로 가는 길」 전문

「온 길로 가는 길」에서 형상화한 소재들에서 삶의 길목에 들앉았다 빠져나가는 것들을 떠올린다. 허무하지만 고즈넉한 시공간에서 파노라마처럼 펼쳐지는 존재들의 움직임이다. "가는 자는 가고 오는 자는 오는데/ 산에서 내려온 산은 막걸리에 취해 잠이 들고"처럼 조용히 오가는 속에 배경이 되는 자연은 늘 그대로다. 위 시에서 보이는 풍경을 그리다보면 어느새 곤히 잠들고 싶어진다. "어스름한 저녁 무렵"의 풍경이 연상되면서 포근히 눕고만 싶어지는 자신을 발견할 수 있다. 시인은 어떤 풍경을 그리는데, 이 풍경이란 게 바로 우리가 살아가는 이 세계의 모습이다. 왁자지껄하면서 소란스러운 세상 가운데서도 자연은 언제나 고요하고 적막하다. 세계는 만물을 창조하면서 먹어버린다. 이 세계 또한 어느 누군가가 만들었다. 이치를 따지면 끝이 없는 게 존재가 처한 한계다. 그러나 이것 저것 붙들지 않고 모두 놓아버리면 그만큼 편안한 것도 없는 게 바로 생명이 지닌 가장 큰 장점이 아닐까. 바다와 산, 그리고 인간이 만들어내는 무한한 우주적 그림을 떠올리면서 하루하루 주어진 시간을 살아내는 자만이 자연의

은택을 받을 자격이 있을 것이다. 시인은 바로 그런 상태를 지향하고, 늘 마음에 간직하려는 태도를 잊지 않는 듯하다. 고즈넉한 자연의 선물을 기꺼이 받아들일 수 있는 자만이 이 세계가 마냥 고통만으로 가득 차 있지 않다는 사실을 안다.

　배동욱의 시는 소박하면서도 철학적인 사색과 지혜가 녹아들어 있다. 그래서 그의 시를 읽으면 세계와 인간이 어떤 관계를 맺는지, 그 복잡한 해법을 다양한 경로로 모색하게 된다. 그렇지만 시가 주는 기능 가운데 하나인 모호성 또한 적절하게 사용해, 시적 리듬과 의미를 알맞은 각도로 드러낸다. 이런 까닭에 우리가 시를 읽으면서 명쾌한 해답을 찾기보다는 한 번쯤 세계를 생각하게 만드는 것이다. 시인의 고민이라고 특별한 것은 없다. 다만 시인은 보통사람들이 보고 느끼는 것보다 좀 더 세심하게 보고 느끼는 사람이다. 섬세하면서도 연약한, 민감한 감성의 소유자가 시인이라고 할 때 시의 속살에 덥혀 있는 언어의 무늬를 더듬는 보람도 그래서 생긴다.

　　지하철역에서 집까지 걸어 온 길
　　그 길 위의 내 발자욱을 생각한다
　　내가 발자욱을 생각하면
　　발자욱도 나를 생각한다
　　우리는 서로 기억하지 않고 그저 생각만 한다

　　꽃 한 송이가 지고 있다
　　어두운 하늘 저 편으로 구름 한 조각 사라져 간다
　　꽃은 봄을 기억하지 않는다

구름은 하늘을 기억하지 않는다
모든 것들은 서로 기억하지 않고 그저 생각만 한다
사라지는 것들의 사라짐에 대하여

사백 년 묵은 느티나무에 매달린 것은
기억을 짊어지고 사라져 간 것들의 등이다.

– 「구름은 하늘을 기억하지 않는다」 전문

　인간이 땅을 딛고 문화를 이루며 살아가는 이곳 지금도 우주 세계는 천변만화千變萬化의 모습을 보이고 있다. 시공간을 잘게 쪼개어 단면만을 놓고 보더라도 엄청난 사건과 사태, 그리고 생동하는 마음의 작용이 펼쳐짐을 짐작할 수 있다. 시간이 주는 선물은 지난날을 잊게 하는데 있지만, 사람은 좀처럼 지나간 일들을 잊는 경우가 별로 없다. 좋은 일이든 나쁜 일이든 기억에 남아 있기 때문이다. 그 기억들은 하나씩 지워지기도 하지만, 끝까지 남아 존재의 몸과 마음에 각인되는 경우도 허다하다. 「구름은 하늘을 기억하지 않는다」는 '기억'과 '생각'이라는 의식 활동을 소재로 한 시다. 그렇다고 난해하거나 추상적인 관념으로 뻗치지 않는다. 일상에서 흔히 보는 것들을 생각하면서, 이 생각이 지니는 의미가 무엇인지 사물의 관계 측면에서 시로 형상한 작품이다. "모든 것들은 서로 기억하지 않고 그저 생각만 한다"는 진술에서 '그리움'이 연상되는 까닭이 무엇일까. 시인은 서로가 서로를 기억하지 않고 생각만 한다는 말을 띄워 서로가 서로를 그리워하고 있다는 의미를 되돌려주는 듯하다. 그런데도 어딘가 공허함이 싹트는 감정을 지울 수 없다. 배동욱 시인이 지향하는 존재의 아이러니와 허무함의 흔적이 위 시에도 남아있기 때문이다. 존재하는 것들의 유한함은 의식이 영원히 지속하지 않는다는 사실에서도 알 수 있다. 그러니까 모든 존재 사이의 관계는 그저 사태만 발생하거나 의식에 들어와서 곧 이지러질 관계에 지나지 않다.

그대가 누구든 찡긋 눈짓만 해 다오
그대는 결코 잊히지 아니하리라

누구든 다만 손을 내밀어 다오
세상 한 줄 사랑 한 움큼
별 한 줄 안개 한 큰 술
단 하나 그대만을 위한 레시피로
최고의 요리를 장만해 주마
그대는 단지 눈만 찡긋하면 된다

오래 기다려 온 내 바로 앞에서 차례가 끝나면
내 자리는 기다림이 끝난 자리

창밖의 풍경은 격자 모양으로 나누어지고
조각들을 아무리 맞추어 보아도 이어지지 않는
난해한 풍경
기다림도 조가조각 나뉘어 도저히 맞추어 볼 길이 없는데
그 간극으로 빠져 달아나는 것은 그저 풍경에 지나지 않는다고
믿으란 말이지?

—「기다림의 풍경」전문

조만간 잊히게 될 존재의 관계라도 하더라도, 현존재인 인간은 늘 그리워하고 기다리는 존재다. 시인도 "그대가 누구든 찡긋 눈짓만 해 다오/ 그대는 결코 잊히지 아니하리라"고 읊었듯이 기다림은 인간에게 숙명과도 같다. 그게 사랑하는 사람이든 누구든 상관없이 기다림의 미학은 사람을 더욱 사람답게 만드는 선물이기도 하다. 기다리는 목적은 만나기 위해서다. 그리고 만남은 관계를 유지해준다. 사람은 고독과 쓸쓸함과 외로움에 빠진 나약한 존재다. 스스로 고독한 존재라 생각하기에 관계를 이어나가고 싶어 하는 게 아니라, 관계망에 선험적으로 놓여 있는 가운데서도 원래 고독한 존재가 사람이다. 기다림은 소망을 이루기 위한 필요조건이다. 추상적이든 구체적이든, 현실적이든 이상적이든 기다림은 비로소 사람을 사람이게끔 만든다. 기다려본 사람은 존재의 의미를 깊게 생각하는 경향이 있다. 기다림은 사람을 온전하게 만든다. 하지만 기다리는 일 자체는 그리 유쾌하지만은 않다. "창밖의 풍경은 격자 모양으로 나누어지고/ 조각들을 아무리 맞추어 보아도 이어지지 않는/ 난해한 풍경/ 그 간극으로 빠져 달아나는 것은 그저 풍경에 지나지 않는다고" 말하는 시인에게 기다림이란 결코 완성되지 못할 풍경일 뿐이다. 기다림은 만남을 전제로 하지만 우리 삶의 기다림에 완전한 만남이란 존재하지 않는다. 왜냐하면 만나면 떠나야하기 때문이다. 삶을 위해 존재하는 모든 것들도 결국에는 삶의 종지부를 맞는다. 그래서 늘 기다릴 뿐이다. 기다림의 끝에 만남은 오겠지만 완전한 만남은 현실세계에서는 오로지 상상을 통해서만 그릴 수 있다. 기다림 또한 유한한 존재인 사람이 숙명적으로 부딪칠 수밖에 없는 한계인 셈이다.

늦은 밤 버스 안

땡 처리도 못할

시든 얼굴들을 보고

집으로 온 날 밤 내내

개수대에서 들릴 듯 말 듯

바닥이 없는 구멍 속으로

끝없이 흘러내리는

흐느끼는 소리들

울지 마라

사람의 때가 지나고

세상 끝까지 남는 건

지난 세월이 아니라

그처럼 환한 꽃잎을 피워 온 그것

이제는

끝까지 가야만 나머지를 아는

길에 서지 말고

눈물 모여 흐르는 강으로 와

씻고 난 그 얼굴을 들여다 볼 일이다.

그러니

울지 마라.

─「사람은 길을 잃고 강으로 온다」 전문

　배동욱 시들에서 보이는 존재의 슬픔이나 회한들은 인간존재
가 처한 아이러니하고도 역설적인 상황에 대한 응시에서 비롯한
다. 시인은 인간이 서로가 만나고 헤어지는 일련의 과정들을 애

달픈 눈으로 바라본다. 이런 점에서 서정시인이라고 해도 무방할 것이다. "이제는/ 끝까지 가야만 나머지를 아는/ 길에 서지 말고/ 눈물 모여 흐르는 강으로 와/ 씻고 난 그 얼굴을 들여다 볼 일이"라는 진술에서도 알 수 있듯이, 끝에 다다른 상태보다는 끝도 없이 흘러가는 생성의 상태에 방점을 찍는 태도에 눈길을 준다. 이는 생성의 존재관이라고 할 수 있다. 결말보다는 과정을, 어떤 상태보다는 생성의 순간순간에 집중할 때 우리 인간이 안고 가는 숙명의 표정을 좀 더 가까이 느낄 수 있다. 늘 뜻과는 달리 몰려오는 절망과 고통의 파도 속에서 우리 인간이 무너지지 않고 버틸 수 있게 하는 힘과 원동력은 현재 자신의 상태를 수긍하면서 희망을 잃지 않는 마음이다. 그러나 이 마음속에는 복잡하고 다양한 감정들이 서로 얽혀 있다. 마음을 놓아야지만 지난 삶의 표정을 제대로 응시할 수 있고, 앞으로 다가올 시간의 파고를 담담하게 받아들일 수 있다. 길을 잃었든 잃지 않았든 상관없이 우리 모두는 한 가지 삶의 줄기에서 나와 각자 생명의 길로 나아간다. 이 속에서 만나게 되는 무수한 인연들과 뒤섞이고 부딪치면서 성숙한다. 자라면서 깨닫게 되는 것은 저마다 달라도 인간이 처한 한계와 유한성을 수락하면서 운명을 껴안는 일일 것이다.

때로 견디어 낼 수 없는 것까지도 견뎌 내어야만 하는 것은
살기 위함이 아니라 사랑하기 때문이라고
끝이 있다면 사랑이 아닐 것이라고 말했던가 혼잣말처럼

퇴근길 옆집 대문 앞에 내쫓기어 우두커니 서서

어둠 속으로 잠겨 가는

장롱 한 짝을 보았다

문도 서랍들도 입을 다문 채 말이 없는 너는

소중히 간직하던 모든 것 비워 낸 뒤에

또 무엇을 견디어 내고 있는 것이냐

나는 네 곁을 지나쳐 대문으로 들어서는 것이지만

아직 돌아오지 못하고 문 밖에서 서성이는

잊어버린 혼잣말이 있다

- 「장롱」 전문

　배동욱의 시에서 자주 등장하곤 하는 사물과 세계, 그리고 인간 사이에 놓여 있는 존재의 아이러니를 잘 보여주는 시다. "문도 서랍들도 입을 다문 채 말이 없는 너는/ 소중히 간직하던 모든 것 비워 낸 뒤에/ 또 무엇을 견디어 내고 있는 것이냐"란 진술에서 단정적으로 드러나듯, 존재의 비움과 그 뒤에 찾아올 채움의 의미가 무엇인지를 생각하게 한다. 떠나가는 모든 것들은 지난날을 뒤돌아보지만 결코 되돌아갈 수 없다는 사실을 잘 알고 있다. 지나면 또 다시 흘러들어 오는 것들이 있다. 이들도 언젠가는 강물 따라 떠다니는 부유물처럼 흐르고 흘러 사라지고 만다. 존재가 궁극적으로 흘러 들어가는 곳이 어디든, 이러한 존재의 상태를 캐묻다 보면 과연 인간뿐만 아니라 이 세계에 존재하는 모든 것들의 운명을 떠올리게 된다. 모든 것이 공허하고 공허할 따름이지만, 어찌 보면 또 다시 생성하는 것들의 푸름이 있기에 마냥 슬퍼할 일은 아니다. 삶과 사랑과 그리움들이 한데 묶여 어우러지는 속에 존재의 의미가 있다. 혹은 다른 방향에서 존재의 의미를 찾을 수 있을 것이다. 그리고 어쩌면 이 세계에는 어떠한 의미도 찾을 수 없을지도 모른다. 사람도, 사물도, 자연도 마찬가지다. 어떻게 해석하고 바라보느냐에 달려 있지 않을까. 그런데도 왠지 모르게 마음에 흘러 들어오는 강물처럼 시인은 늘 슬픔을 가득 안고 사는 듯하다. 비단 슬픔뿐만 아니라 온갖 감정들이 뒤죽박죽 섞인 채로 하루하루를 살아가는 우리들이다. 슬픔을 이겨내기 위해 사람들은 저마다 힘과 마음을 쓰지만, 시인은 그러한 슬픔을 가득 안은 채 세계를 조망하고 응시하는 존재다. 배동욱의 시편들에서 드러난 말과 이미지들은 시인이라는 실존의 무게가 어쩔 수 없이 찍어낸 흔적들이다. 가고 오는 것들이 아우성치며 백지 위에 그려낸 언어다.